4-1

くらしの形見

4-2

くらしの形見

4-3

くらしの形見

4-4

くらしの形見

4-6

くらしの形見

4-7

くらしの形見

4-8

くらしの形見

佐野洋子

MUJI BOOKS

くらしの形見 ｜ #4 佐野洋子

佐野洋子がたいせつにした物には、
こんな逸話がありました。

4−1｜**『おれは ねこだぜ』表紙原画**
2枚の紙を貼りあわせて耳の先を描き足している原画。
完成した絵本ではナイフとフォークは色指定をして水色に。

4−2｜**絵の具**
水分を取り除いて小さく固めた、ホルベインの固形水彩絵の具。
水彩画のほとんどはこの絵の具を水で溶いて描きました。

4−3｜**銅板の裸婦**
ニードルで線刻してインクを乗せ、表面を拭きとり凹部を紙に転写。
90年代には、この手法で多くの銅版画が生まれました。

4−4｜**ピーラー**
荻窪の自宅と北軽井沢の別宅のどちらにも常備したステンレス製の
ピーラー。料理上手で気に入った台所道具は長く愛用しました。

4−5｜**蕎麦猪口**
骨董のうつわが好きで、染付や色絵のものをたくさん蒐集しました。
蕎麦猪口は、湯呑みとして日常づかいした愛用の品です。

4−6｜**くつべら**
磁石で上部がくっつくタイプの木製のくつべら。
クラフトデザイナーに何個もつくってもらい贈り物にしました。

4−7｜**雛人形**
理想の雛人形を探しに京都まで行ったほど。結局見つけられず、
くつべらの作者、武山忠道に「私のお雛さまをつくって」と依頼。

4−8｜**二層箪笥**
「朝鮮箪笥」と呼んで大切にした李朝家具。飼い猫が飛び入って
遊んでいると、叱って追い出したという逸話を再現しました。

撮影｜永禮 賢

目次

YOKO
0

図版番号は、一五四ページの「逆引き図像解説」をご参照ください。

佐野洋子の言葉

何故子どもの絵本を描くのか。
多分、それは、私の欠陥のためかも知れない。
あらゆることが、自分の子ども時代にかえってゆく。

「うそ話を」一九九〇年

YOKO
1

生活は地味なつまらない仕事の連続である。
しかしその雑事なしでは人は生きて行けない。

「二〇〇七年夏」二〇〇八年

油絵具は実に奥深い素材であることがわかり、
一日や二日で私の云う通りになんかならなかった。
どこまでもどこまでも行きつく先がないのだった。

「油絵具」 一九八五年

私のレバーペーストは絶品である。
売っているのなんかレバーペーストとは云えん。
秘密はちょろりと入れるブランデーである。

「二〇〇三年秋1」 二〇〇八年

人とめぐり逢うのも才能である。
私に何の才能がなくても、
人にめぐり逢う才能があったと思う。

「可愛がられて死ぬよりはまし」 一九八五年

ベッドから寝ころんで見えるところに私は、
アメリカの「マッコール」という雑誌から破った料理の写真を、
ベタベタ沢山はった。
私の部屋にそれ以外の装飾物は何もなく、
花一本なかった。

「コッペパン」一九八三年

人間は平等であるそうである。
——んなわけがないだろ、
頭のいい奴もキリョウのいい奴も生まれつきで
その時から不平等である。

「縄文人」　二〇〇九年

YOKO
3

絵として完璧ではなくて、
文章としても完璧じゃないけども、
表紙から表紙裏まで読み終わったときに
一つの世界が完結するようなものだと思いながら、
私はつくっているんです。

「鼎談 文明に飼いならされない野性の知」 一九九二年

目が覚めたら何時かわからなかった。
ベッドからまた、
足でカーテンを開けた。

「二〇〇四年夏」 二〇〇八年

私は、子供が人を愛せる力を持てれば、
それがすべてだと思う。

「私はダメな母親だった」二〇一二年

私は原稿を渡すとき、はずかしくて、
裏返して渡したいと思うが、
裏返すわけにはいかぬ。
裏にも失敗した絵が描いてある。

「大人も子供もあるもんか」一九八三年

むすこの友だちも友だちだと思っている。

＊

むすこの恋人にも友情感じる。

「無意味なことがすごく重大」一九八八年

YOKO
4

「なるべく当たり前の家」

「目立たない家」

「建築家が建てたようじゃない家」

と注文をつけて建てたの。

「対談 家」 二〇一一年

何を着ていいのかわからないので、
たいてい白い木綿のシャツにジーパンになる。
そのままで絵も描けるし、
床にはいつくばって雑巾がけも出来る、

「晴れ着」一九八五年

十三歳の男は、私よりずっとふりがうまい。
勉強しているふり、
聞こえてて聞こえないふり、
いかにもいじけて同情をひくふり。
私は思ってしまう、
世の中に子供なんかいない、
子供のふりをしている大人がいるだけだ。
子供のふりして子供の権威を振り回すな。
私だって母親のふりするの大変なんだからね。
私だって十三歳の少女だったことあるんだからね。

「子供」一九八五年

ふと思うのは神心、
だんだん思うは人心。
神心はないよりはあった方がいい。
しかし神心だけでは具合が悪い。

「親切」一九八五年

YOKO
5

円地文子の『源氏物語』を買った。
すると与謝野晶子もあるのである。読んだ。
すると、谷崎潤一郎もある。読んだ。
又、田辺聖子もある。読んだ。
そのうち橋本治もあるから読んだ。
これ全部ふとんの中で読んだのだ。

「いつも読んでいた」二〇〇九年

みっともないことを
なりふりかまわずみっともなく出来る能力が
愛する能力だと思う。
これが難しいのよね。

「愛する能力」一九九一年

私は何のために生きてるのかというと、
日常生活をするために生きてるの。

「対談男」二〇一一年

一人前になるのは大変である。
一人前になってからも大変である。

「猫」 一九八五年

私は死ぬのは平気だけど、
親しい好きな友達には
絶対死んで欲しくない。
死の意味は自分の死ではなく
他人の死なのだ。

「二〇〇八年冬」 二〇〇八年

ふつうがえらい

『ふつうがえらい』（一九九五年　新潮文庫）

ことばは通じなくても

　どうして絵本を描くようになったのか、と聞かれる事がある。聞かれるたびに、へどもどする。何でそんなことが重大なことなのだろう。例えば、銀行の窓口で、銀行員にそんなこと聞くと銀行員は怒るのではないか。しかし、私はへどもどしながら答える。へどもどしながら答えるから、自分でも嘘っぽいなあと思い、あと味が良くないが、人間は何でもなれてしまい、嘘っぽいことを、自分でも本当かと段々思うから口に出して言うという事は恐しいことである。

　自分のお子様のためにお描きになるのですかと聞かれることもある。聞く人はどうも、そうに違いないと思い込んでいるらしいのがありありとわかるから、私はむらむらとなりそんなこと考えたこともないとか、違いますとか言うと、相手は困ったような顔になる。

どうだ、困ったかと私は思って気持がいいが、私は自分で本当のことを伝えたいと思ったのではなく、むらむらしただけのことなのである。しかし、そんなことありませんと言うと、自分でもそんなことないような気分になるから、恐しい。

そのうち確信に満ちて来たりする。

私は、他人に関して言えば、確信に満ちている人が、一番嫌いである。確信に満ちている人と話をすることくらい、退屈であほらしい事ない。好きにすれば、あんたの思うように、一人でやればいい。確信に満ちている人は、確信しているもの以外のことを、吟味したり、迷ったりすると困るらしいのである。前言をひるがえしたり絶対にしないから、目付き、顔付き歩き方まで、ひるがえさないものになって行く。そういうの見ていても嫌なものである。私はね。とんでもないものがとび出して来ることがない。とんでもないものをとび出させないようにするのが、確信への道である。

しかし私はとんでもないものが、とんでもない時に、によろりか、ぽとんか、ガラガラとか、ドカンとか出て来なかったら、生きているのつまらない、本当につまんないと私は思う。

で私は、要するに、自分でも本当のところ、何だかわからなく、なるようになって来てしまっているだけなのだけど、他の人も本当はそんなもんなのじゃないだろうか。

昨日、沢野ひとしと話をしていたら、

「絵本作る人はサァ、本当に子供好きな人じゃなくちゃいけないと思うナァ、よく居るじゃない、自分に子供も居なくてさァ、絵本作っている人。あーいうの嘘だと思うナァ」

私は何だか、ムラムラとするが、反対をとなえたりすると沢野ひとしは逆上する。逆上すると狂気が目に宿るから危険である。

私は、「そうかなあ」と言い、そうかなあも反対のうちに入るナと思っているうちに沢野ひとしの目の色が変った。

「佐野さんの絵本はさあ、絵のうしろに余白があるじゃやん、あれよくないと思

YOKO
8

うナァ、説明になってないじゃん、俺なんかさァ、絵描く時、すごい資料集めるよ、五十年代のポルシェなんか出て来ると、もうこんな集めてさあ、描くの」

「だって、あんたがそうやって描くと、あんたが描くだけで、全然ポルシェじゃなくなるじゃん」

「フ、フ、フ、そうなんだよ」

とコロリと沢野ひとしは突然上機嫌になる。

「俺、すごい勉強しているの、水彩画の入門書なんか買って来てさあ、毎日めくってさあ、あぁこういう風に筆洗うのかナァなんてずっと見てるんだよ、それで、俺全然その通りになんかしないけどね。だいたい俺水彩なんかやる気ないからネ。だけど勉強しているの。フフフフ……。佐野さんなんて勉強しないでしょ」

そんな馬鹿げた勉強誰がする。しかし、私の勉強がどういうことかと真面目に説明すると沢野ひとしが逆上するのは目に見えているのに、

「私だって言わせてもらえば、クロッキーなんか一ヵ月で、こーんな山になるほどやったことあるんだから」

果して、沢野ひとしはコロリと又狂気の目付きになり、

「俺さァ、時間ないんだよネ、こんなことしていても仕方ない、飯も食えないんだから」

と突然立ち上った。ことばが通じることって全然ないのですネ。

そして、私は深く納得したのだ。子供はことばが通じないものなのだ。あいつらのことばなど数えるほどしかない、それなのに私は、やさしいことばで言えば、子供にことばが通じると思い込んでいたのだ。大人の沢野ひとしでさえことばは全然通じない。ことばは通じなくても、ことばではないものを感じたりわかったりするのだ。言い直せば、ことばをおぼえれば、おぼえるほど、ことばが通じるようになって、ことばが通じることだけで満足したりして、そして、ことばでないものを感じたりわかったりすることを投げすててしまうのだ。

わたしは、もし子供向けの絵本を作り続けて行くなら、ことばでないものを

通じさせなくてはいけないのですね。ことばや絵を通して、ことばではないことばの背後に、絵ではない絵の背後の、世界の不思議さをわかり合うことなのだ。ことばで納得し合う、大人の世界で仕事するんじゃなくて本当によかった。めっちゃくちゃの容れ物から手あたりしだいに変なものを投げつける沢野ひとしと話をしていても、全然話し合いにならないことを深く納得して、子供のことも絵本のことも納得して、今日はとてもよい一日だった。

五分の旅

旅は好きかと言われれば、はっきり言えば、嫌いである。第一めんどくさい。まずどこへ行こうかと考えるのがめんどくさい。行くとすれば、地図をみたり、時間表みたり、ボストンバッグにあれこれ必要なものをつめこみ、不足のものを買いに走ったりするのがめんどくさい。宿屋の予約がめんどくさくて、初めて行くところなんか、どんな宿屋か見当がつかない。

こういうめんどうが一切なく、すーっと私が旅に出ているのなら、知らない原野を走る汽車から真暗な闇をみつめているのなら、海の見える素晴しいバルコニーにもうすでに私が座って、大きな沈んでゆく太陽を見ているのなら、私、旅は好きです。

とても旅どころではない、お金もない閑もない時、私は飢えるようにこがれる心を持って旅に行きたいと思った。

いつかと思い返すと、子育ての最中だった。東京のどこで仕事をしていても私は四時になると保育園に子供を迎えに行かねばならなかった。一分の遅刻もゆるされない心理的圧迫で、迎えに行けなくなる夢を本当に一週間に何度も見た。

私の家は中央高速を少し走る。四時半ごろ、私は毎日中央高速をぶっとばしていた。ゴミゴミした都会が終ると急に空が広々と見えるところがある。日没で太陽がまぶしかったり、雲がオレンジ色に染まっていたりする。銀色にふちどられた雲とくすんだ青い空の向うに無限に私の知らない土地があるのだった。

その時、毎日なのに、毎日私は思った。

ああ今私は旅に出ようとしているのだ。今から旅に出るところなのだ。

ほとんどあと五分で私は高速を下りるのだが、その五分、私は旅をしていた。

毎日、五分。

決して行くわけでもないのに、高速道路の遠い果てが毎日私を呼んでくれた。

あれはとても素敵な旅だった。

でも私、昔から、そういう私だったからこそ、ぜひどうしてもしたい旅がある。

もしも少しお金があったら、むんずとわしづかみにしてハンドバッグの中に押し込んで、誰にも何にも言わずに、着たきりすずめで、車にのって、どこでもいいから好きな道をどんどん走る。どんどん走ると来たこともない村なんかにつき、車を止めて田んぼで働いているおじさんに「どっか、このへんに温泉か、宿屋ありますか」とかきく。「知らねえなあ」って言われたら又、どんどん走る。そしたら日本だもの、すぐネオンがギラギラしている温泉町につくかもしれない。海辺の淋(さび)しい漁師町に小さい宿屋があるかもしれない。とても心細くて淋しくて、すごく孤独な感じが、背中じゅうかけ回るような気がするにちがいない。

それで、行きあたりばったりのところで泊って、又、どんどんあてもなく行くと、少し大きな都会にも行ってしまう。デパートでパンツやちょっと気に入った洋服なんか買ってボストンバッグなんかも買って、ちょっときれいなホテルなんかにボーッと泊る。

そして又、どんどん行く。お天気がよかったら、どこかコンクリの堤防で一日中海を見て、今自分がどこに居るかわからない。何しろ地図がないからね。そうやって、本当に淋しくて死にそうになるまで、さすらっていたい。ずっといつまでも一人で。

私でも人に旅の何が好き？　ときかれたら答えられる。

ひりひりするような孤独感が、たよりない心細さが、この美しい風景の中に最愛の人がそばに居ないことが、このめずらしいおいしいものを一人で食べている味気なさに泣きそうになることが、そしてもしかしたら人は本当に一人ぼっちなのかもしれないという恐怖にかられることが、そしてわたしあの親しい人達に今すぐ会いたいと本当に本当に思っていることを確認したいから、旅が好きと答えられる。

YOKO
9

YOKO
10

本当だってば

私の人に言えない恥しいことの一つに「手紙書き」好きというのがある。私は常に誰かに手紙を書いていたいのである。手紙を書く気分があって書くあてがある時、私は元気であると自分で判断する。気分だけあって、あてがみつからないと、突然、もう何年も会っていない人に書いたりするから相手はびっくりするらしくて、すぐ電話をくれる。すぐ返事をくれる人はあまり居ない。それでもいいのである。それで用事などなにもない手紙しか書けないのである。

用事の手紙、きちんとしたあいさつ状、礼状、詫(わ)びの手紙、お祝いの手紙、くやみの手紙など、本当に書けない。手紙の書き方模範集のどの頁(ページ)を開いてもへーと感心するだけで、よんどころない頼みごとの手紙など、模範集のところを開いて参考にしようと思うと、参考にする文章を読んで何かとっても恥しくなって何の参考にもならない。それでも私は手紙好きで仕方ない。

そして自慢するわけだけど、私の手紙すごく面白いんだって。毎日毎日欲しいくらい面白いんだって。皆んな言うもん。電話でことがすみ（その上私は長電話で有名で）、ファックスまで出現しても、私は手紙を書くのをやめることが出来ない。でもお返事というのはなかなかもらえないご時世なので、私はお返事をもらうことなんか期待していない。何だか片思いが好きな人みたいだけど。

私昔とても好きな人が居た。好きでも、私好きですなんて手紙に書いたり出来ないので、雨が降った話や、地図やどっか行った時の話を、毎日手紙に書いた。雪の上におしっこして詩を書いた話まで書いてしまった。せっせと書いた。電車の中でも書いた。そしたらその人「あなたが好きです」って言った。私一言も好きだなんて絶対に書かなかったのよ。私その時から手紙書くの好きになったのかもしれない。昔々のはなしです。

そしてそんな昔じゃない時、私は忘れていたのだが、

「あなた、覚えている。『私あの男絶対に落として見せる、手紙で』って言ったのよ」

と友達に言われて仰天した。私本当に、その男落として今一緒に住んでいるのである。その時だって、好きだって一言も書かなかった。本当だってば。だけど、私そんなに助平じゃない。今せっせと毎日八十四歳のおばあさんに手紙書いている。私おばあさんを落とそうなんて思ってはいない。ただ手紙書くのが好きなのよ。

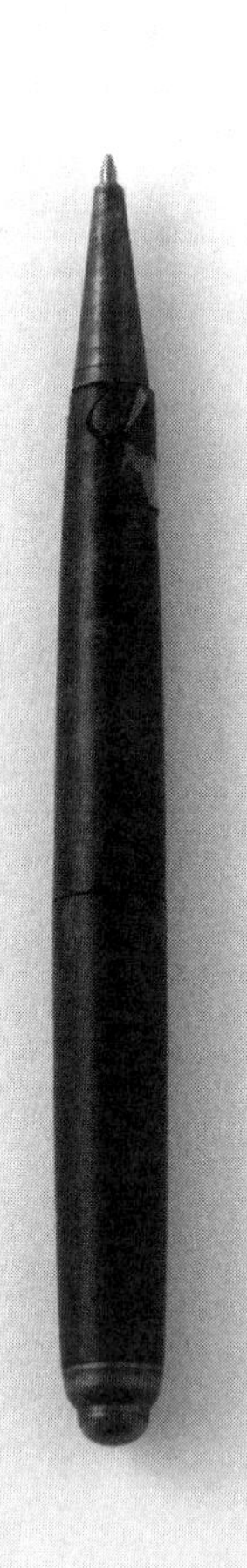

YOKO
11

YOKO
12

覚えていない

『覚えていない』（二〇〇九年　新潮文庫）

覚えていない

子供の頃、電話のある家というのは、特別な階級であった。その頃、私は自分の家に電話を持つようになるとは、思えなかった。

あの頃、電話のある家は実に多大な迷惑をこうむっていた。近所の家の呼び出しというのを頼まれる。下駄(げた)をはいてゆかたを着た小母(おば)さんが、ハアハアいいながら、「デンワ」とかけ出さねばならなかった。呼び出された方の恐縮ぶりも並大抵のものではなかった。

結婚して、しばらくして、初めて自家用の電話を引いた時の喜びは、本当にこの世のものとは思えなかった。私は黒々としたぴかぴかした電話をなでさすり、少し遠くでながめたりして、おののきふるえた。そして、もったいないと思った。そのへんにむき出しにしておいてはいけない。私は机の引き出しにしまったのである。何しろ六畳一間だったから、リリリンと鳴れば、机にかけ寄り、引き出しから取り出す時のときめきは、何にもたとえようがなかった。

それから、しばらくすると電話は普通になってしまい、「あの人んち電話もないのよ、ビンボー」とすぐなっていく。しかし、電話がなかった私の貧しい青春時代、どうして友達と連絡を取り合って、待ち合わせをしたのだろうか。あるいは、ボーイフレンドとデートしたのだろうか。ボーイフレンドも皆ビンボーだった。

ビンボーなボーイフレンドと上野動物園でデートしたことがあった。ビンボーだったからお茶一杯飲むわけではなかった。私達は猿をながめ、キリンをながめ、そして象の前へ立った。ボーイフレンドは「ゾウのコウガンどこにあるか知ってるか?」ときいた。私はコウガンという言葉を知らなかったので、砲丸だろうと思った。象を仕留める時、大砲を打ち込むのだろう。「あんまりでっかいから、体の中に内蔵されているんだ」とボーイフレンドは、言った。「へー、本当?」。砲丸は、ぶち込まれたまんま体の中にずっとあるのか。「痛

YOKO
13

くないの」私はボーイフレンドに聞いた。「痛くねえんだろ。必要な時は、自然に出てくるんだぜ」

　ボーイフレンドは少し下品な笑いを浮かべた。必要ってどういう時なのか。

「じゃあ一生に一度だね。見てみたいなあ」「こんなにでかいんだぜ」。ボーイフレンドは両手ででっかい丸い形を作った。そんなでっかい砲丸がゴロリと落ちる瞬間を見てみたい。

「あの象は、もう出てきたのかなあ」

「知らねえよ」。私達がどんなに清いご交際をしていたか、おわかりでしょう。

　あの子と私はどういう方法で、待ち合わせ場所を取り決めたのだろうか。そういえば、ビンボーな私にそのビンボーな男の子ははがきをくれたことがあった。「金が無い時は、言ってください。武士は相身互(あいみたがい)と言います」。電話のない私達ははがきで「上野動物園前、九時に」とか書き合ったのだろうか。覚えていない。

　うちの子供は小学校の時から友達と遊ぶのに電話で打ち合わせをしていた。

生意気に。そのうち体がでっかくなるにしたがって、延々と長電話をするようになった。ガールフレンドができたのだ。

私と息子は電話のことで年がら年中けんかが絶えなかった。私もまた、長電話を必要としていたのだ。私の長電話の相手は「息子用の電話を一本引いてやればすむことじゃないか」。えっ？　ビンボーな青春と電話に対する思い入れのある私はその発想が大胆すぎるように思えたが、そうしました。青春も変わった。電話も変わった。

キモノ

それはうす曇りの秋の、エッフェル塔の前だった。生れて初めての、そして最後になるであろうエッフェル塔を、七十六歳の母は万感の思いに耐えて、見上げていた。「あらー、私巴里(パリ)に来たのねー、本当に夢みたい」

私はぎよっとした。

バレリーナが足をひろげている様なエッフェル塔の前に、やかんをのせたゴトクが置いてある。歩き回るのに便利なように七十六の母にズボンとリーボックの運動靴をはかせた。半コートの下の足は、つけ根から広くひろがって丸くわん曲している。ハーフコートがやかんで足がゴトクである。ゴトクの足の間にパリの街が広々と見えていた。

典型的な日本の老女の体型である。私もああなるのだ。こりゃいかん。私は

YOKO
14

エッフェル塔の前で決意した。日本女にはキモノがある。あのゴトクを包むのはキモノしかない。私は老いに向って、キモノを着用することにした。足がゴトクになってしまってからでは遅い。ドロナワはきかぬであろう。ゾロッとした染め物は好みでないし、日常的に着る所存であるから織り物を求めた。

一通りのキモノを着用するのに、なにやかやと細々としたものを買いととのえるのは容易じゃなかったが、その一つ一つが実に感心する位優美であった。腰ひもひとつでも絹で、さわるだけでニマッとする程優しげである。よく見ると桜やらもみじなどが織り出してある。帯揚げ、帯締め、足袋にまでほおずりをした。さて帯が締められず、私はジーパンの上に帯を巻きつけて、本を見ながら汗だくになって格闘した。ほとんど泣きそうになっている。だけど昔は、どんなバカだってキモノ着ていたのだ。

しかし、私は勇敢にも自己流で、背中に帯をしょって世間に出て行った。まあ、道々ずり落ちて来たり、帯締めがぶらさがったりしたが、ひるまず、つき進んだ。夢中で、「習うより慣れろ」ととなえ続けた。そして、私はついに二十分で結構器用にそれなりというものに至った。

しかし、私が、一歩外へ出ると、皆んなジロリと見る。電車の中で人々が、アレ、ナニ、という目で私を刺す。今や日本の民族衣装は昔のアフリカの腰ミノと同じ位奇異なのである。

そんでもいいさ、ババアになった時、差をつけてやる。ま、五十五も充分ババアですけどね。

街で私はキョロキョロする。民族衣装をつけている同志をさがしているのである。

そうすると明らかに二つのグループがある事がわかった。一つは水商売の方たち、もう一つは金持ち奥様風、今日はおけいこの帰りです、わたし生活に余裕がございましてねという感じがする（もう一つは結婚式や謝恩会か成人式の集団、ホテルに行くとむらがっている）。私は、そのどっちでもない異様なものなのである。水商売には色気が不足し、金持ち奥様に見えるには立居ふるまい、ことばがスポーティ過ぎるのである。

しかし我が道を行こう、何やら西部劇のガンマンの様な悲壮感がただよう。困難な道がどこまでも続く。一枚が二枚、二枚が三枚と、キモノは泥沼にひきずり込むのである。見ると欲しくなるという魔力を私は予想しなかった。

一度処女を捨てたらインラン女であったという事に私は気がつかなかった。そちらのインランはただでも実行できるが、こちらのそれはお金がかかるのである。わかっていても見ると、だらだらよだれがでる。さわりたくなる。自分だけのものにしたくなる。おおいやだ。私は生れて初めて物欲というものにひきずり回されている。しかしそれも、分相応ということがおのずと解決するであろう。

どうしても解決出来ぬことがある。それは、キモノでこの現代社会の日常を生き抜けないのである。出来るのは炊事位で、四つんばいになって床がふけぬ、玄関の郵便にハンコを持って階段を走りおりるにはあぶなくて、あぐらをかいて絵が描けない。ちょいと人が見ていない間に昼寝をするにも不都合で、あ、ニンニクが切れていたと自転車にとびのれず、ぐうたらしている息子をけとばすこともままならぬ、その他もろもろ。

私のキモノ姿の理想は「極道の妻たち」の岩下志麻であった。しかし極道の妻は、無数の若いもんが、雑用をひき受け、極道の妻は「あんたら、いいかげんにせいや」とドスをきかせていればよいのである。しかし昔の女は子供をおぶって、たらいで洗濯し、関東大震災の時はキモノで逃げたのである。他に着るものがなければそれなりにそーいうもんだと思えたからで、一度ズボン、Tシャツを知ったら、もうあともどりは出来ない。

これって、女に自由を与えたからなのね。女の精神もしばって不自由にしておいたら、キモノのキュークツもそれなりのつり合いというものだった。女の解放はキモノからの解放でもあった。それに戦いをいどんだのである。何とかしようとするこのアナクロニズムと混乱。しかし、すでにほろび去ろうとする、日本の伝統的な、世界に類を見ない精緻な布をこの世から消してよいものか。誰か、水商売でも金持ち奥様風でもない異様なキモノ姿軍団の同志はいないものか、けっこう孤独なのである。

孤立無援の昼寝

〃女の一生は長い病気である〃と言った男がいる。誰か偉い人が言った事なのかどうか知らないが、私に言った男は、嫁と姑との闘いに疲れ果てた奴だった。何だか変に実感があったので、私はゲラゲラ笑いながら、看病疲れの男にしみじみと同情した。

しかし、女が皆んな私病気なのよと思って一生を過してはいない。人は皆自分こそが、まともで普通であると思っている。時々、口癖に「私って変ってるから」と言う女がいるが、そういう女にかぎってつまんない何の面白味もない退屈な女である。

「俺はデリケートだから」と私に言った男がいたが、その男は、私が知っている男の中で一番鈍感な人間だった。自己認識ってむずかしいものである。

女の一生が長い病気であるなら、又男の一生も長い病気であり、人間一人一人よく見るとこれも又長い病気を患(わずら)っているとしか思えない。性質って病気なのね。

病人同士だからこそ、たがいにいたわり助け合わねばならないのかも知れない。

しかし時々、これは助け切れない手におえぬという重症患者もいて、これが、人生を実に面白く奥行き深くする。

どういうわけか、私の知り合いで、男も追いつけない程成功した女が沢山いる。何で、私だけとりのこされたのかと不思議でキョロキョロしてしまうが、私ってただのなまけ者なのである。一人は、自分の会社のビルまでおったてた。お友達でいられるのは、例外なく、成功途上中あるいは前だけなのね。ビルをおったてた女とお友達だった時、彼女は自分の手を開き、「私は百万人に一人の手相なの、特別なのよ」と私に見せた。私も自分の手を開いて見せた。生命線と感情線が離れている。「あら変ね、私の手相と似ている。私のが本物で、あなたは間違いなのね」と言った。私はただびっくらした。私はちょっと気に入ったブルーのネッカチーフを持っていた。彼女はそれを見ると「あら、この色は私の色なのよ」フン然と言う。私はただびっくらした。びっくらした私はどうしたか。差し上げたのである。

彼女は仕事を始めた。ちょっと一緒に仕事をした。すぐ彼女は私に見切りをつけた。「あなたって無能ねえ」とつくづく感心した様に言った。「私はね、私の為に、二十四時間働いて私の半身になってくれる人を求めているのよ」。バカを言え、手前はおてんとさまか、世界は自分を中心に動いていると思っているのか、と内心私は毒づいたが、彼女にはただのボーッとしたアホ面に見えたにちがいない。そしてついに彼女は社員三百人をかかえる社長になって、東京の一等地にビルをおったてた。そしたら本当に、滅私奉公する人がちゃんと見つかるのよ。一念というものはすごい。ねえ病気っぽくない？

もう一人は、貿易会社をやっている。世界中とび回っている。夜も昼もなくそれは有能に働く。お友達だった時、彼女は言った。「困るのよね、この忙しい時にアシスタントが妊娠しちゃったの。おろしてもらうより外ないわね」。私は口を開けてポカンとして目をパチパチさせてしまった。アシスタントがどうしたか知らないが、すごい発想ではないか。今や彼女は押しも押されもせぬ大実業家になった。

もう一人世界的に活躍している建築家は若い女の建築家に「もし私と一緒に仕事をするなら、家庭を捨てて欲しい、私と結婚するつもりで働いてもらいたい」と要求した。別にレズビアンじゃないのよ。ねえ、そういうのって病気じゃない？

そういうお友達だった人達を見ていると、なまけ者の私は、すごいなあとただただ感心して、成功がなんぼのもんじゃ、昼寝も出来ぬ位だったら死んだ方がいいと真昼間からぬくぬくほかほかしたベッドににじり寄って行きふとんをひき上げながら、あゝ幸せ、何たって幸せ、生きるダイゴ味はオフトンの中にしかないわと思ってしまう。そんな私が成功するわけないわサ。

でもよく考えてみると、成功した私のお友達だった女の人達って、個人だか

唐津 → 焼
素ぼく
桃山

400年前

柳宗悦

17世紀
八角壺
リチョウ末
古イマリ —— 雑器の美
江戸時代

さび絵

400

待庵
わびさ

ら、変に目立って、病気っぽいと思うけど、男の人達ってそれを集団的、組織的、歴史的にやっているのね。モーレッ社員は、会社の為に、本当に妻も子も捨て、滅私奉公しているわね。昔々主君の為に腹なんかかっさばいたりもしたわね、天皇陛下のために命差し上げたりしたわね。国中狂ったみたいに。皆んなでやると全然こわくないじゃん。

「うるさい、仕事だ」とひとこと言えば、たいがいのものはひっこむわね。全然当り前である。それが甲斐性(かいしょう)ってものだ。

女は個人が病気だけれど男って集団で病気なのね。皆んなが病気だと、病気じゃない人が病気みたいに見える。そして、社会ってものは、多数の正義で動くから、多数が健康で少数が病気になる。だから一日十八時間ベッドの中に居るわたしはやっぱ病気である。上昇志向ってまるでない。ニューヨークだったら、ショッピングバッグレディーしているわ。

ある朝、私ベッドの中でさめざめ泣いた。「どうして人間って、働いて働いて働きまくるのさあ、人類の歴史って働いて働いて進歩発展の歴史じゃんかよう。進歩発展がそんなに偉いのかよう。何で、発見発明したがるんだよう。石器時代の人間と今の文明人と比べると今の人間の方が偉いのかよぅ」。私はベッドの中に居るのを白い目で見られたくないのである。ただそれだけである。

「私、どっか、南洋の無人島に行きたいヨウ」

他の女がやったらつばはいてやるわ、甘ったれるんじゃねえって。私の場合、別に、それ程のもんじゃないんですけど。いや、ちょっとブーたれただけで、まともに考えてくれなくてもいいです。いや別に。ホント。南洋の無人島に行くためには文明の利器ヒコーキにのらなくちゃなんないじゃん。嫌だヨ。

いや正直言って女って楽だわあ、そりゃ、女の成功者は、自ら、自分の意志で、映画「ワーキング・ガール」を上回る非情ですさまじい働きをしたのであって、誰もやらなきゃ殺すって言ったわけじゃないからね。嫌なら、ふとんかぶって寝てて、最低の食いぶちを稼いでグデグデしててもいいわけ。それも嫌なら、男おだてて、働かせて、昼間っからブランド物つけて、買物やテニスやカルチャーセンター行ってもいいわけ、地球を守ろう運動に血道をあげてもいいわけ。私思うんだけど、別に女なんか守ってやんなくていいのよ。男が女守るの手抜いて、もう少し、デレデレ働かないで、経済一等国になんかならないで放っといてもいいのよ。それで、「あんたどーする」って互いの病気を持ちつ持たれつ同じ土俵でとればいいと思うんだけど。そんで、互にしみじみ自分の子供なんかをじっくり見て、「あんたどーする」って頭かかえる時間位休んでもいいと思うんだけど。何、本当なまけ者のたわ言である。

YOKO
17

神も仏もありませぬ

『神も仏もありませぬ』（二〇〇八年　ちくま文庫）

声は腹から出せ

十八歳で田舎から東京の予備校に入った時、私はどうやって友人を作ったらいいかわからなかった。東京の奴等は、何でもへっちゃらみたいだった。化粧している女も居たし、ハイヒールをはいている女も居た。男は汚いなりをしているのが傍若無人に見えて、それがあか抜けて、何だか世の中知り尽している様なのだ。

田舎者のままいじけているのは苦痛だった。田舎者は自ら名乗らなくても田舎者丸出しだったから、初めて、お昼をオシルなどという江戸っ子っぽい小柄の男の子に「君、田舎どこ?」と聞かれた一言にとびついた。

「清水」。私はとびついたものにしがみつくために「清水の次郎長って知っている? あれ私のお祖父さん」と大嘘をついた。友達になったらあとで「アレウソ」と云えばいいと思っていた。

次の日学校に行くと私は「ジロチョー」というあだ名になっていた。こまったと思ったが遅かった。たちまち私は大声で友達としゃべるようになり、ガニ股だったため、学校をのし歩いている様に見えたかもしれない。

しかし十八の女の子がジロチョーである事は、ひそかに私を傷つけた。あだ名の困った事は嫌だなと思っても、呼ばれれば返事をしてしまう事である。

私より気の弱そうな田舎者の男の子は、おずおずと「清水さん」と私に呼びかけたことがあった。予備校から大学はほとんど同じメンバーが移動した様なものだったから、大学でも私はジロチョーだった。上級生にも下級生にもジロチョーは伝播した。

私の青春時代に極端に色恋沙汰が少ないのは、私がジロチョーだったからだと今でも思い込んでいる。私はジロチョーが何者であるかほとんど知らなかった。実家の近くの梅蔭寺という寺にジロチョーの墓がある事だけは知っていたが、行った事もなかった。四十年以上たったが、まだ行った事はない。

YOKO
18

四十数年たった今、私はジロチョーである事はほとんどない。大学の同窓会に行けば相変らずジロチョーと呼ばれるだろうが、私のクラスは同窓会をやらないクラスだから、私は自分がジロチョーだった事を忘れて暮した。

この間、目白の駅の構内に、CDを売っている出店の様なものがあった。そこにひもでしばった十四、五枚一組になった浪曲「二代広沢虎造・清水次郎長伝」というものがあった。私は云うに云われぬショックを受けた。ああそう云えば、かつて浪曲というものがあったっけ、広沢虎造という人物が居たっけ。しかし私は浪曲というものを聞いた事が一度もなかった。浪曲というものの思い出は一つしかなかった。子供の頃四、五軒しか家のない集落に住んでいた事があった。ラジオがあるのは私の家だけだった。

何曜日か忘れたが、週一度、八時になると裏の小父さんがラジオを聞かせてもらいに家の縁側に坐った。小父さんは浪曲を聞きに来るのだった。小父さんはうすぐらい縁側でじっと頭をたれて、身動き一つしないで、何十分間も一心不乱にラジオに聞き入って、終ると静かに帰っていった。

私は浪曲の声が動物のうめき声の様で気味悪かった。云っている言葉が何一つわからなかった。そして下品で滑稽なものの様な気がした。裏の小父さんも無教養な下品な人の様な気がしていた。浪曲はお百姓さんのもので低俗なものだと私が思ったのは、母親の、今思えば鼻もちならない差別意識が子供の私にまでしみ込んでいたのだろう。

目白駅の構内で、突然に、裏の小父さんが家の縁側でじっと頭をたれて身動き一つしなかった情景が一枚の写真の様に私によみがえって来た。五十年以上昔の、田んぼの中の小さな家と小父さんの動かない姿は、半分は夕闇のなかにとけ、半分はオレンジ色の電球の光に染まっている。小父さんは小さな女の子と二人で暮していたが、女の子が子供なのか孫なのか私は知らなかった。時々若い女の人が居た。

こうしてCDを売っているのは、今でも浪曲を聞く人が居るのだろうか。もう消滅したものではなかったのか。私は今これを買わなかったら、浪曲というものを一生知らずに死ぬかもしれぬとあせった。浪曲は一度も聞いたことがないが、広沢虎造という名前は知っていた。いや、広沢虎造しか知らなかった。広沢虎造がいつ死んだのか私は知らない。清水次郎長と虎造はセット物というあいまいな知識しか私にはなかった。

そういえば、私はジロチョーだったっけ。何十年も前にジロチョーというあだ名が私を傷つけたが、六十四歳になってもう私は傷つかなかった。ひたすらなつかしくもあった。宇多田ヒカルや浜崎あゆみのCDの中で、ひもでしばられた次郎長伝は異様だった。

売子の茶髪のニイチャンに、一万五千円を一万円にしないかと聞くと、すぐさま一万円にしてくれた。少しがっかりした。

車のCDプレイヤーに清水次郎長伝第一巻「秋葉の火祭り」を入れた。男の声がする。私はこんないい声の男が居たのかと驚いた。私が動物のうなり声だと思ったのは、

〽富士と並んで　その名も高い　清水次郎長海道一よ　命一つを長脇差にかけて一筋仁義に生きる……

と歌っていた声だった。すみずみまで手入れをして、みがいて、こすって光らせた様な声なのだ。どんな低音になってもはっきり日本語が私の耳に入って来る。そう云えば美空ひばりの声もそういうものだった。歌って、あとは一人で何人分もの芝居をする。

十八巻もある次郎長伝にはずっと次郎長が登場するが、次郎長は無口である。時々、「そうか」とか、「ええ、そりゃよくねェ」とか云うが、「そうか」だけで次郎長だとわかるのである。無数の子分ややくざ者が出て来るが、声だけで誰だか分る。聞き進むうちに、男にとって貫禄というものが、大変なものらしいのである。短く「そうか」と云う次郎長は実に貫禄である。

〽山岡鉄舟先生の書いた本には次郎長何遍なぐり込みをかけても　不意に行って不意に敵を切ったことがない　向うの仕度が出来るまで　待っていた肝の太さよ……

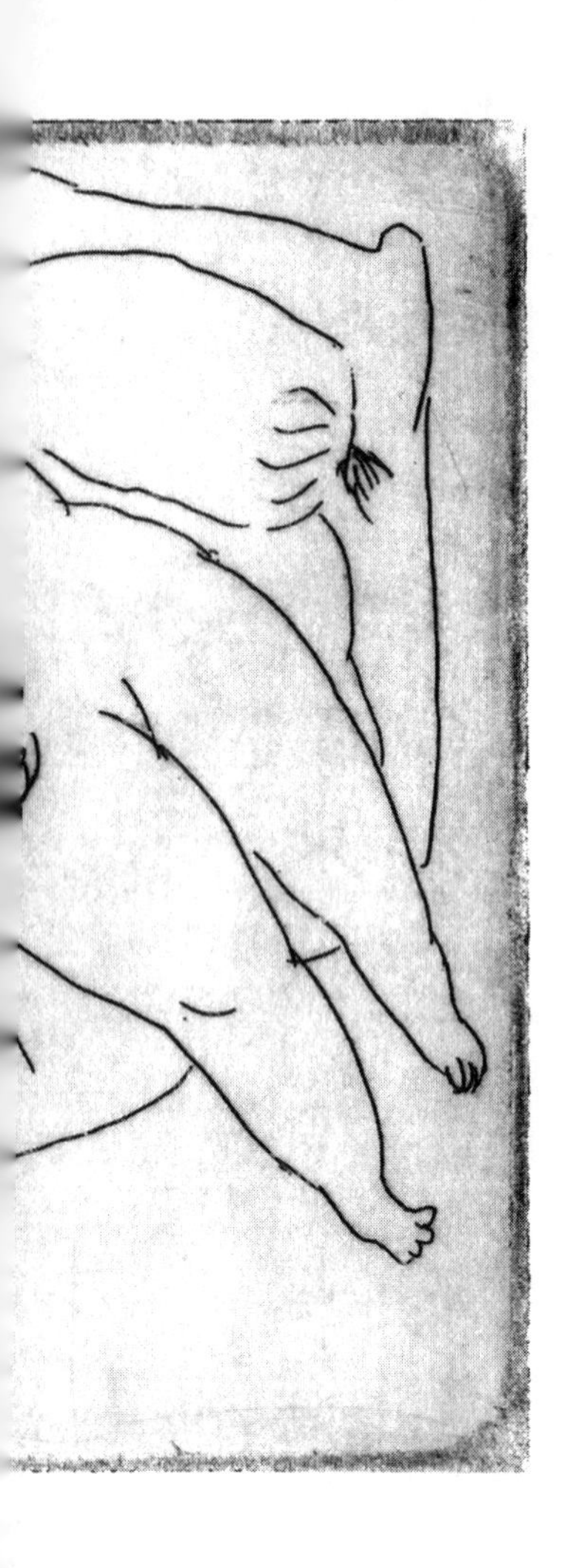

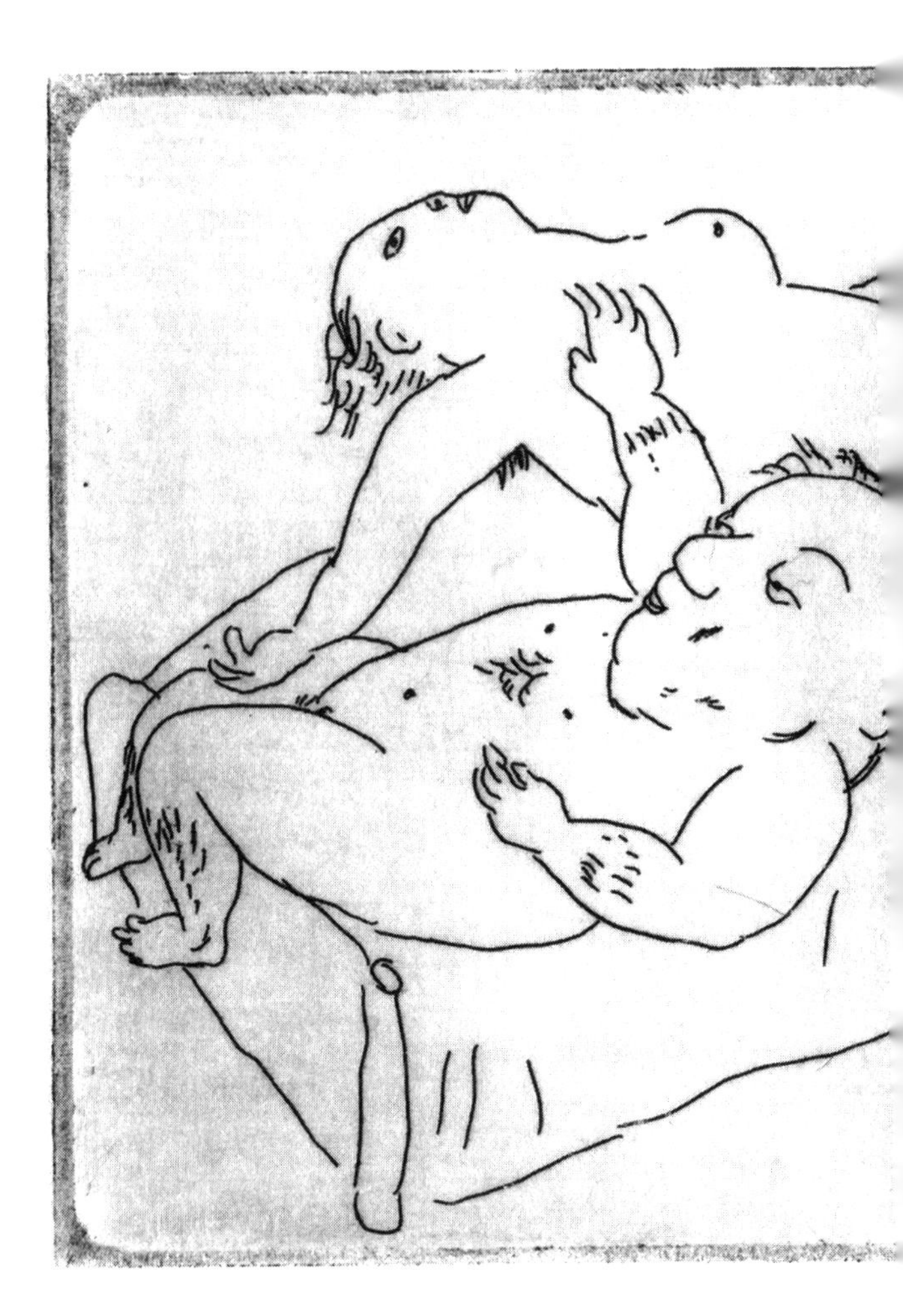

らしいのである。肝が太いなどという日本語は、何といい言葉であろう。このごろ肝の太い奴など見たことがない。ひきょう者が何より見下げた奴なのである。

〽まず次郎長のいでたちは　渋い結城に　一本独鈷（どっこ）の博多帯……五代忠吉の長脇差腰にたばさんで　薩摩絣（さつまがすり）の廻し合羽……

と虎造が歌うと、そういう姿の肝の太い貫禄のある、いきな次郎長がすっくと頭の中に立つのであるが、これは字で読んでもすっくとは現れない。虎造の声ですっくと現れる。

もうやめられない。やめられない。こんな面白いものを裏の小父さんは頭をたれて聞いていたのか。いちいち感心する。やくざの日本語は美しかったなあと思うが、本当の次郎長がどういう男だったか知らない。日本史人名辞典の次郎長は、頭を七三に分けた写真で長い顔をしている。

〽生涯敵味方二百八十本の位牌をこさえて明治二十六年六月十二日七十余歳まで生きたのは万事油断がなかった……

からだそうで、度胸がよくて腕が立ち、仁義に厚く情がある、と字に書いても馬鹿みたいだが、虎造の声で聞くと、うーん、そーか、そーか、立派な男だなあと思ってしまうのである。

人間どんな時でも、体より先に目が動くとあの声で云われると、人間観察がするどいと感心する。

やくざ者だから、切ったりはったりが事件である。見事に仇討ちが出来ると、

〽丁度時間となりました……

としめくくってくれて、実に気持ちが片づく。

浪花節的というのは、近代日本の軽蔑の対象であった。でも、

〽義理も人情もすたればこの世は闇よ……

が何が悪い。義理も人情も金にかわったこの世が、安政年間より人間上等になったのか。

小泉首相よりも、次郎長肝が太かっただけでも偉かった。「るっせえ、男に二言はあるものか」。やくざでさえ、他人と自分に二言は許さないのだヨ。

居るだけであたりを払う貫禄はどこへ行ったのだ。海道をあちこち飛び回る森の石松でさえ、自分の欲得はない。ひきょう者と云われれば、かっとなって命でさえ落とす。

あっちこっちとびはねた「腕は立つがひきょう者」の鈴木宗男さんは何が悪いかというと、あれは声が悪い。座敷犬がキャンキャン吠える様に、「ワタシハヤッテイマセンヨ。ムネオハウスナンテアリマセンヨ」。聞き苦しい声だすな。

腹から声を出せば、口先だけの声は出なくなる。嘘だか本当だかわからない次郎長話で私を説得し、五十年前の縁側の小父さんを感じ入らせたのは、虎造の腹にひびく声がのせて連れて来た物語だと思う。腹から声は出すものだ。気持ちが上ずるから声も上ずるにちがいない。

浪曲が盛んだったころ、日本人の心はこうまで荒廃はしていなかったのではないか。私は次郎長伝という浪花節しか知らないが、壷坂霊験記とかは単純素朴な夫婦愛の物語だったろうし、親子の情愛の物語も沢山あったのではないだろうか。大衆芸能というものは、大衆が望むから生れるものだろうし、もう大衆は浪曲を必要としなくなったのだろう。

しかし私達は、吉本のタレントのバカ話を本当に望んでいるのだろうか。テレビは悪いなあ、どんどん人心を荒廃させていく。誰も人の道など説かない。説く奴はうさんくさい。

五十年前じいっと頭をたれて浪花節に聞き入っていた裏の小父さんは、ちょうど今の私の年齢くらいだったろうか。同じ年月を生きて、人として多分裏の小父さんの方がまっとうな人間だったのではないかと思う。もっとシンプルな人としての基準というものを、ペラペラ口に出すことなどせずに、腹にちゃんと持っていたのではないだろうか。

時代と共に滅んでいったものが戻って来ることは決してない。失ったものの代りに、私達は豊かな物質生活を手に入れただけなのだろうか。

六十四歳の「ババア」は、もう男でも女でもなく「ババア」という生き物だ。若い女だった頃ジロチョーというあだ名だった女だ、私は。なってやろうじゃないか次郎長に。せめて生きたや義理と人情。肝くらい太くしたいものだ。腕と貫禄は不足するが、侠気ぐらいは持ちたいのよ。

でも、私は、ただのおっちょこちょいになるだけみたい。それでもいいや。

ちょうど時間となりました。

YOKO
20

フツーじゃない？

近くに「尻焼温泉」という、いやに具体的な名前の温泉がある。名前だけは知っていて、一度聞いたら忘れない名前である。

衿子さんちに食事に招かれた時、私の知らない人が大勢居た。その中の一人の小父さんが、「おれは尻焼温泉に、仲間で温泉場を作っちまった」と云う。どういう事なのか。尻焼温泉は温泉の川なのだそうだ。熱い水が流れている川など、私は見たこともなかった。

誰でも入れるのかと聞くと、誰でも入れるそうだ。しかし裸で川に入るのはなんだもんで、小父さんは、仲間と六畳位の四角い場所をコンクリで固めて屋根と囲いを作って、自分たちだけで入っているそうだ。「本当は違法だけんどもよ」と云う。

酪農家のセッチャンは、女手一つで沢山の牛を飼って、子供三人を育て上げた猛烈に元気な人で私よりずっと若い。朝四時に起きるそうだ。牛の品評会で日本一の牛を育て、セッチャンの牛といえばたいしたもんだ、と小学校でセッチャンと同級生だったマコトさんに聞いた。そのセッチャンが、「私もよく行く。疲れると夜十時頃から出かけることもありますよ。たいがい誰もいないですよ。あそこは本当に疲れがとれる」とサラサラ云った。

場所を聞くと、小父さんが地図を書いてくれた。「道のわきにけもの道みてえな細い道があるで。そこんところに侵入禁止の札が下がった綱があるで、その綱をまたいでずっと行くと、青い囲いが見えるからすぐわかるで。六合村の一本道を行けば迷うことはないで」

次の日の日暮れ頃、あてもなく走っていた。そうだ、尻焼温泉に行こう。女のセッチャンが夜十時過ぎに行くっていうんだから、そんな遠くないはずだ。

長野原についた頃は、ほとんど暗くなっていた。六合村方向の道に分れた頃は真っ暗になっていて、家なんか一軒もなくなっていた。そう云えば、六合村はやたら細長い村だった、と地図を思い出した。尻焼温泉はその地図のいちばん上にあったっけ。私はどんどん登り坂を走った。左手はものすごく深い谷のはずだが、暗くて、ただ真っ暗な闇が固まりになっているだけだ。家もあかりも全然ない。ただただ黒い固まりの中をつき進んで行くだけである。

だんだん不安になった。二十分走っても対向車は一台も来なかった。後から来る車もない。おまけに闇夜である。怖いなあ、怖いなあ、淋しいというのとちがう。怖いなあ。三十分走ってもただ闇の中である。胸がドキドキし始めた。引き返そうかと思ったが、ここまで来たのだ、口惜しいと思った。しかし、こえーよう。

また二十分走ったが、怖さが、闇そのものになって私を押しつぶして来て、その怖さは、熊がとび出して来る怖さとか、ピストルを持った強盗がとび出して来るとかという種類のものではないのだ。何か寒イボが立って来たなあ。もし熊が出て来たら、「ああ、よかった、怖いよう」と、熊のふところにとびついて行きたいと思うような妖気をはらんでいるのだ。

YOKO
21

私の父は、五歳で死んで土葬にした弟を、一年たって夜中の二時に掘り起こしに行った異常な度胸の人だったが、一生のうちでいちばん怖かったのは、高等学校の時、伊豆の山の中で一晩野宿した時だったと云っていた。その時父は友達と二人だったそうだが、山の恐ろしさは特別だと云っていたのを思い出した。

父が云った怖さとは、妖気とも霊気ともわかんないこれなのか、と私は車の中ではじめてわかった様な気がした。何故かわかんない。私は引き返すことさえ恐ろしく、ただつき進むのだ。怖さのグレードが一定になることはなく、どんどん重なり、重なる一方である。

そのうちに、ドキドキの中にワクワクという気分が混ざり込んで来た。とんでもない冒険にただ一人で挑んでいるヒロイックな気分が、恐怖とまぜこぜになって来た。おお、私は生きている。激しく生きているなあ、と恐怖は私に教えるのだ。

その頃になると、何がなんでも目的を達成せねばという使命感も出て来たのである。ああ、冒険家という人達は、この気分のスケールがでっかい奴なのだ。私が引き返さなかった様に、奴らもつき進むのだ。しかし私もうがまんできんかも知れん。

するると、一本だけ街灯がついているところがあり、そのすぐ先に橋がかかっていた。私は街灯の下に車をとめた。ふーっ。ふう。しかし橋の下の水が温かいかどうかわからない。橋のわきにロープがはってあり、侵入禁止と書いてある札が下がっていた。私はまたいで進むと、ほんとうに道とは云えない、草をふみ倒した様な場所を、手さぐりで進んでいった。しかし川ははるか下を流れている。小屋など真っ暗で見えない。私は四つんばいになった。そしてほとんど垂直になっている土手をすべり降りた。したたかにひざを打ったが、私は四つんばいのまま水にさわった。生温かかった。ここだ。しかし、もっと熱い所があるはずだ。

大きな石がごろごろしていた。私は黒い靴を大きな石の上にのせ、となりの石にジーパンをのせた。そして大きな石をさわりながら少しずつ歩くと、急にドボンと深みに落ち、胸まで水に浸った。私はパンツをぬぎ、白いTシャツを石の上にのっけた。素っ裸になったが、誰も来ないから平気だった。その上自分の手も見えないほど暗いのだ。そして四つんばいのまま、あちこち水をさわり、丁度いい温度のところを執念深く探した。

するとあったんですねェ。へっ、あつい位。丁度頭をのっける石もあり、体全体がすっぽり入るところが。私は長々と体を伸ばし空をみあげた。星があるじゃん。人の目って、猫みたいにだんだん暗闇の中が見える様になるのね。私は自分の体がぼんやり見える様になった。あれえ、足が長々と白くって私って人魚みたい。六十過ぎて自分の体が人魚に見えるって素敵。

遠くにあかりが見えた。あれが旅館なんだあ。もう全然怖くなかった。さて帰るか。すると、どこに洋服をぬいだか見えない。じっと目をこらすと、遠くにかすかに白いTシャツが見えた。また四つんばいである。Tシャツにたどりつき、パンツをはいた。しかし黒っぽいジーパンは見えないのである。この時はあせった。泣きたくなった。手さぐりで石をたたき歩いた。ジーパンをたた

120cc
病院
70cc
180cc
00cc
ルト 2/3
15g
10g
200cc

YOKO
23

いた時、ほんとうにほっとした。

しかし土手を登ろうとしても、どこを自分が降りて来たかわからない。土手はそそり立っていて、道なんぞ見当もつかないのである。もしかして道がなくなっちゃったのかも知れん。あれは道ってもんじゃやなかった。

もうどこでもいい。がけだって道はちょっと段に見える。何かが見えることはなかった。登らにゃならん。私は細い木をつかんだ。すると木はひっこぬけて、私はしたたか腰を打った。ちがう草をかたまりでつかんだ。すこし上へ来た。大きな石があったのでそれに手をのっけた。石はごろごろと私と一緒にころがるのである。私はまた石の上に、今度はかえるみたいにのびていた。

私はどうしてよじのぼったのか、今ではわからない。無我夢中ってのはこういうことだ、と思ったのしか覚えていない。しかし、どこまでよじ登っても道なんかないのである。もういい。私、熊になる。きつねになる。いのししになる。枝がはねて、蔦みたいなものにひっかかって、来た方と思われる方にソロリソロリと歩くと、突然太い木にぶちあたったりする。

車をおいた街灯が見えた時は、ああ、助かったと思った。エベレストに登った登山家が、ベースキャンプにたどりついた時はこういう気分であろう。うん。帰りは全然怖くなかった。私はいっぱしの冒険家になった気がした。スケールは違っても、なんだか私は前人未踏の快挙をなしとげた気分だった。するとこれを誰かに、自慢たらしく報告したいと思うのである。私が人魚だったこと、あの星空のこと。

ちょうど友達が近くの別荘にきていたから、私はそこに行って、玄関で、「尻焼温泉に行ってきたぞう」と叫びながら中に入った。

「あんた何、泥だらけで。それに腕から血が出ているよ」。両腕にひっかき傷が沢山ついていたが、私は痛いとも思わなかった。でも見たら急に痛くなった。私は元気よく、自慢たらしく、私の誇らしい冒険を、細部にわたって話した。

すると友達は一言、あんた普通じゃないよ、とはき捨てて、少しも感心してくれない。その反応は、私が、太平洋を一人でわたった堀江青年や植村直己に対して、なんなのあんたたち、金かけて命かけて、なんで何の役にもたたんことするわけ？　と思うのと同じだった。

自分が嬉しいだけでしょ。誰も見たことない雄大な美しさで死ぬほどうれしいんでしょ。やるなら天涯孤独な奴だけがしろよな。妻や子や親や兄弟がいる奴はやめろよな。雄々しく孤独に大自然と戦うのは、そら命かかっているから面白いだろうが、面白いのは自分だけじゃん。死ぬかも知れんとわかっているんだから、行方不明になっても、大金かけて捜したりしてやんないでいいと思うの、私は。

いつかエベレストをあおぎ見た時思った。私はそのあまりの神々しさに畏怖を覚え、自然は神々と共にある。この神聖なものに人はただひれ伏し、人間の小さな心が喜びと敬虔な気持を呼びおこされる奇蹟に、人が犯してはならぬことを教えるのだ。ここにずっと住んでいる人達にとって、あの山々は神そのものであり続けたのだろう。

あの神そのものであろう神聖なものに登ろうとした恐れを知らぬ馬鹿がいた。神そのものを土足でけがす、人としての感受性を失った馬鹿たちがいる。私はエベレストをあおぎ見てムカムカした。エベレストが汚い人間にレイプされた気がした。「何故山へ登るのか」と普通の人は思ったのだろう。「そこに山があるから」。「何故レイプした?」「そこに女がいたから」が通るか?

次の日下着をぬいだら、体中が黄色や赤や紫のあざだらけで、変なヒョウみたいだった。そのあざを見たら、急に骨や肉が痛くなった。

友達がどやどややって来て、「行ってみようじゃないの、尻焼温泉」。真っ昼間である。運転しながら、「えー、あんた、この道行ったの? 考えられない」とか、「まだなの、えー」「信じられない」とか、友達は口々に云うのだ。「まだだよ。普通じゃないわよ」「ねえ、まだ?」と大変うるさい。

そしてついにあの橋が見えた。橋の上に立って私は驚天した。河原にころがっている無数の石は、真っ茶色ですこぶる汚ならしい景観がひろがっているのだ。鉄分の多い温泉なのだろうか。昨夜、黒か灰色の石かと思って、「あたしって、人魚みたい」と思った私はなんだ。冒険とは神聖なるものに挑戦するんだよなあ。

「あんた、ここに入ったの？　信じられない」

それでも友達はけもの道を進んでいった。私がすべったりころんだりしたほんの二メートル位先に、あの小父さんが云った青い囲いをした違法温泉があった。

「あんた普通じゃないよ」。また友達が云った。友達は酒を飲むたびに云う。「尻焼温泉ねェ。あんたの人生とまったく同じじゃない。やたら突っこんで傷だらけになってさあ」。六十過ぎてそう云われても困る。しかしあの妖気と霊気に押しつぶされながら、ドキドキとワクワクした充実感。やんないよりやった方がよかった、と私は思っているのだ。

植村直己の八十三歳になる老父は、「倅は、お国にも御近所にも、なんの役にもたたんことをして、こんなに心配していただいて申し訳ない」と、天を仰いで云ったそうだ。

謎の人物「ハヤシさん」

「ねえ、お宅さあ、朝鮮人参使ってなくて古くなっているのある?」「そんなものないよ、そう云えば誰かに粉になったのもらったけど捨てたよ」「ちがう、しわくちゃなじいさんが股ひらいて、毛が生えてるみたいの」

ずい分前、私は韓国の友達に朝鮮人参をお土産にもらった。大変高価なものらしかったが、私はあれは男の精力剤かと思っていたから、ほったらかして何年もたった。料理の本を見ていたら「サンゲタン」という料理は鶏をまるごと、朝鮮人参と煮込んだスープであった。腹の中にもち米をつめて、何時間も煮るのである。

作ってみたらまことに美味であり、体がホカホカして、何か「利いている」感じがした。風邪の時など大変結構なものである。私は風邪でもないのにせっ

YOKO
24

せとサンゲタンを作り、朝鮮人参は無くなった。それから思い出しもしなかった。

そしたらある日、急にサンゲタンを食いたくなった。私は誰の家にも使われない朝鮮人参がころがっているにちがいないと思い、サトウ君ちで聞いたのである。

サトウ君ちには、謎の人物「ハヤシ氏」が丁度いた。サトウ君は特別な人で、誰とでも親しくなる。男たちよ、老後の幸せは友人が居るか居ないかだけである。金も地位も容貌も関わりない。サトウ君は、人間に対する評価のボーダーラインが無垢なのだ。余計なものさしが無いのだと思う。

ある日、ピンク色の頬がつやつやした、白髪をきれいに七、三に分けた、かっぷくのいい紳士がサトウ君ちにいた。その人物はいつ会っても、ど派手な白黒のセーターを着ていた。大地が日照りでキレツが入った様な模様である。

私がマリちゃんに、「あの人セーター一枚しかないの」と聞くと、「ううん、はじめに会った時、ハヤシさんそのセーターすごく似合うって云ったら、ずーっと同じセーター着てる。あの年であんなセーター似合う人、ハヤシさん以外に居ないよ」。白黒のセーターは、ほとんどハヤシさんの皮膚だった。

ハヤシ氏はやたら金持ちで、やたら閑があり、やたら元気で、軽トラに乗って走り回るそうである。

「あの人何者?」と聞くと、サトウ君は「それが謎の人物なんだよ」としか答えない。いつか謎の人物は、「若い時は、僕は湘南ボーイでね、ヨット乗っていましたよ。裕次郎より前ですかね」と云った。どうも階級も育ちも違うらしいのである。「へー、ヨット、私なんか引き揚げ者だもんね」と云ったら、謎の人物、云ったね。「いや、いや、ご冗談でしょう」。私はあんなに驚いた事はない。引き揚げ者を「ご冗談」と云った人は、初めてである。私は呆然とハヤシ氏の顔を見つづけた。

それに謎の人物は料理の達人であり、いつかサトウ夫妻と招待されたら、「タコシャブ」というめずらしいものを食べさせてくれ、一流料亭の様なしつらえであった。私はあさつきをあんなに細く切る事は出来ない。酒を飲むガラスのコップなど冷蔵庫で冷やして曇って出て来るのである。
私はあんなふうに人をもてなせと云われたら寝込むね。庭の中に足もとを照らすライトが沢山ついていた。一個十五万円したそうである。とりつけたのは自分だそうで、やたらと機械ものに強いのである。田園調布にも大森にも家があるらしいが、何者であるか誰も知らない。

「何するの」。マリちゃんが云うので、私は「サンゲタン」がいかに美味であるか話した。謎の人物が云った。「いやごちそうになりたいなあ」。しかし朝鮮人参など手に入らないだろう。何万円も金出して手に入れる気はない。次の日の朝早く電話が鳴った。早朝の電話など誰かが死んだかと驚く。「いや、朝鮮人参ですがね、中華料理『〇〇』に行ったんですわ、そしたら奥さんが病気になって昨日店閉めてしまってましてね」。そ、そんな事までしてくれなくて、よ、よいのよ。次の日また電話が鳴った。「漢方薬屋に行きましたらね、ガラスのびんの中にあったたんですわ。そしたら、あれは売り物ではないと云われましてね」。そ、そんな、軽井沢に漢方薬屋なんかあったかしら。

そしたら、別の日また電話が鳴った。「いやあ、インターネットで調べましたらね」、私は年寄りがインターネットを駆使するというだけでのけぞる。「あったんですわ、朝鮮人参農家が」。えっ、日本でも朝鮮人参作ってるのか。「それが望月なんですわ」。望月ならすぐである。一時間も走れば行ける。私、電話の前で平身低頭した。「僕が行ってきましょう」。そ、そんな。本当に軽トラですっとんで行きそうである。電話番号だけ聞いた。いやあ、本当に謎の人物だなあ。

そして私は朝鮮人参農家に電話した。「うちは個人には売らんよ」小父さんはきっぱり云った。しっかり地面から生えて来たような声である。

「あの、沢山買えば売ってくれますか」「まあ、売らんでもないね」「最低どれ位なら売ってくれますか」「そうだね、一キロなら売らんでもないね」。一キロ。あんな軽いもの一キロも買ったらどうなるんだ。農家氏は云う。「高いよ、売るまでに最低五年はかかるからね。朝鮮人参は少しずつしか育たないからね。

YOKO
25

ゴボウとは違う。何に使うんだね」「料理」「ホウ」「五百グラム売ってくれませんか?」「ウーム、五百ね。奥さんどこに住んでいるかね」「北軽井沢」「あー、北軽井沢、ワシ行ったことあるで、ホレ、ツチ屋って米屋あるだべ」「ある、ある」「じゃ、一っ走りだよ。奥さん、旦那に乗っけてもらって、来いや」「旦那いないんだけど……」「ヘッ、一人」「そう」「旦那いないの。へー」。

私は何故かあわてた。「居たよ、居たよ。前は居たよ。二人も居たよ」……「えっ、二人、へー。二人!!」…………。不気味な沈黙である。

「あんた、何しているの」。小父さん立ち直ったみたい。「絵描いているんだけど」「へー、絵描いて。へー、絵描いているの、絵かきさんかね」。絵かきさんと云われる程のものでもないので困ったね。朝鮮人参農家は閑なんだネェ。何だか、私、自分の一生分話した様な気分である。

「五百グラム宅急便で送ってもらえるかしら」「いいけどね。今、ファックスで、あんた、ファックスあるかね」「あります、あります」「ファックスで住所送るから、現金書留で金送ってもらって、ついたらすぐ送るよ。金もらわんで送るわけにゃいかんだろ」。ごもっとも、ごもっとも。「ねだんもちゃんと書いておくから」。ハイ。ハイ。

すぐファックスがついた。私はすぐ郵便局に行った。安いような高いような値段である。満足したような安心したような、うれしいようないまいましいような気分である。

間をおかずに菓子箱大の宅急便がついた。包んである紙はしわしわで、農家は物を大切にするなあと、私は古き良き時代の日本の良識を感じた。開くと、本当に相当古いらしい赤い菓子箱が現われた。良い感じ。中にお手紙が入っている。筆ペンで朝鮮人参のような字が書いてある。今年の若い生のものも入れました。これは天ぷらにして食べるとうまい。ひげだけしばってあるが、これは、一番薬になる部分です。そして乾燥した朝鮮人参が沢山入っていた。ひげと生ものはおまけらしかった。八千九百円であった。これだけあれば何年もサンゲタンを作れるだろう。

顔も知らないが、朝鮮人参農家の人はとてもいい人らしかった。すぐ、丸のままの鶏を買いに山を下りた。とんでもなくでかい鶏しかなかった。うちにある一番でかいバケツ程もある鍋をストーブにかけ、まきを熱心に放り込んだ。にんにくと鶏の匂いと、かすかに苦い朝鮮人参の匂いが家中にひろがった。丸二日火にかけ、少し多めに米を入れたサンゲタンが出来た。ちいと鶏がでかいなあ、小錦を煮たみたいだなあ。

大変美味である。鍋ごと車に入れてサトウ君ちに行った。もちろん、謎の人物ハヤシ氏にも来ていただいた。人々は鍋のでかさにまず歓声をあげてくれた。ふたをとると、頭がないのに上を向いてねているでっかい鶏が居て、白くにごったスープに少し米が浮いている。

じいっと見入っている。

「これ、これね。肉ははしでほぐれるから、お腹の中のお米をほじくり出して一緒に食べるのヨ。スープ沢山入れてね」。私は気分が高揚して声も高めである。

「ホー」ハヤシ氏は低めの声を出した。

「へー」マリちゃんはどっちかと云へば気味悪そうな声である。

「食おう、食おう」サトウ君は何故かやけっぱちみたいである。

私は一口食って、「やっぱうまいなあ」と腹の中で満足した。声に出して云いたい。……ね、おいしいよね……。しかし人々は沈黙してスープをすすり、肉をほぐして食っている。シーンとして、でかい鍋を前にしているのである。いつまでもシーンとしている。

マリちゃんはついに云った。「あの、これ本当はどんな味しているの」「こういう味だよ」私はがっくりした。「食ったことないから、うまいかまずいかわかんない」サトウ君が云った。「ふえっ、ふえっ、ふえっ」謎の人物は笑った。

それから三日間、私はでかい鍋の中のおかゆを食い続けた。食うたびにうまいなあと思う。謎の人物は、「あの日風邪引きかけていたの、治りましたよ」。本当かよ。「あれ、お通じにいいみたいよ。スルリと出たよ」。へー、よかったね。しかし、また食いたいとは誰も云わないのである。日が経てば経つほどうまくなる。

私は毎日朝めしはこのおかゆにしよう。これはスープが身上である。何も丸ごとでかい鶏を仕入れることはない。鶏ガラでいいのだ。そういえば近くに鶏牧場があった。地鶏の卵を売っている。肉はかたくて食えなかったが、ガラはいいだしが出るだろう。鶏ガラは袋に入って百円だった。百円かあ、安いなあ、うれしいなあ。

家に帰ってビニール袋をあけて、中の鶏ガラを蛇口で洗った。一羽かと思ったら、何と、鶏ガラは三羽も入っていた。骨だらけになってしっかり三羽抱き合っていたのである。私は感動した。死んで骨だけになってしっかり抱き合っている。一羽かと思う程しっかり抱き合っている。

それから毎朝、私は朝鮮人参おかゆを食っている。誰にも云わず、誰にも食わせず、ほろにがいおかゆを食っている。スープは一回分ずつ小分けにして冷凍してある。

そう云えば去年の秋、ハヤシ氏がリンゴ農家に連れていってくれた。農家の夫婦がリンゴをもいでいた。私はリンゴがまだ木にくっついて赤々と輝いているのを初めて見た。太くもない枝はずっしり重いリンゴがゆさゆさしていた。大きさのそろっていないリンゴは格安で、もいでから五分もたっていないのを沢山買って知り合いに送った。ハヤシ氏と農家の人は長年の知己みたいだった。マリちゃんに「ハヤシさんの親戚か何か?」と聞いたら、「ううん、この前通りかかっただけなんだって」。

謎の人物ハヤシ氏に感謝し、どこで知り合ったか、謎の人物を連れて来て私に紹介してくれたサトウ夫妻に感謝し、顔も知らない朝鮮人参農家の主人に感謝し、まだ自分で料理が出来て、うまいと思える私の年齢にも感謝している。うまいのになあ。

猫ばっか

『猫ばっか』（二〇〇一年　講談社文庫）

猫はいつ頃からかは知らないが、身分はペットという階級にずっと属していたらしく、野生の猫などが出現すると大騒ぎで、探検隊が出たりする。

ペットを所有したりするのは人間だけで、象が、亀をペットにしたり、蛙が蟻を撫(な)でたり養ったりはしないのである。地上で一番図々しく破壊的な種は人間であり、地球に一番やさしくないのが人間でもある。

自分の事しか考えない奴は、人間の仲間から嫌がられるが、人間の集団そのものが人間の事しか考えないのだから、大きな事はいえないと思うつつましい人間など居ないのである。

で平気で、何匹もペットを所有して動物を愛する人間に悪人は居ないとか、犯罪者でもあの人は猫をとても可愛がっていた優しい人でしたのにまさか、などという。

もの心ついて五十年になるが、人間も社会も変わって猫も変わって来た。

子供の頃、猫は実用品であった。ねずみ捕りのために飼っていた。餌（えさ）など残り飯に味噌汁をかけたもので、猫も平気で食っていた。

あとは子供のおもちゃで、袋をかぶせられたり、しっぽをつかんでさかさにしたりしていて、突然、ギャッと歯をむいてかみついて来たりすると初めて、猫が生きていて怒ることもあるのだと呆然（ぼうぜん）とした。私の家が特に動物虐待をしていたとも思われない。

猫が居ない家の奥さんが、二、三日猫を貸してくれと持っていくこともあった。ねずみ退治のためだった。

猫の中でも特権階級のあることを、子供の私は知っていた。おめかけさんちの猫だった。おめかけさんちの猫は、猫用のちりめん座ぶとんで日の当たる縁側で、うす目をあけて、首にも中に綿の入ったさくらの花びらの散った細い丸いひもを巻いているのだった。

おめかけさんちの猫のしっぽをひっぱろうという餓鬼はいなかったのだから、猫の階級は人間の階級に充分通用したのだった。

ある日の夕方、真っ赤な夕焼けをバックに隣の家のおめかけさんが私の家の門のところで号泣していた。おめかけさんは、死んだ猫を抱いて泣いているのだ。吠（ほ）えるように泣き続けるのだ、夕焼けに染まって。

五歳の私は人生の中で一番頭が良かった時だったと思う。

「おめかけさんは、可愛がる子供がいないから猫を可愛がっていたのだ。猫が子供の代わりだったのだ」

とレーザー光線が頭を貫くように了解した。

私が、十八歳で家を出るまで、いつも猫が居た。私は猫を好きでなかった。

気味悪くこわかったのだ。なるべく猫のそばに行かないようにしていた。猫はいかにも化けそうなのだ。

ふと気がつくとずっと前から猫がまばたきもせずに、私を見つめていることがある。その目が透明でまんまるで、ビー玉のように美しい。その目にぶち当たると私はこわかった。そのあといかにも人を馬鹿にしたように視線を外す。こわいのと馬鹿にされたような気配を一緒くたに感じるのが嫌だった。

大人になってから猫を飼ったのは、もはやねずみ捕りのためではなかった。コンクリートの団地にねずみなど出没しないのだから、ペットであった。私のペットではない、息子のために、ひとりっこの無聊(ぶりょう)をいくらかでもなぐさめたいと思ったのだ。

というより息子は猫が好きなのだった。人の家の猫でもヨチヨチ歩きながら抱きついて顔をすりつけるのだった。家に猫が二匹も居るのにまた拾って来たりする。捨て猫を拾った友達が息子のところに置いていったりする。家出する猫もいたり、病気になっていずくともなく消えた猫もいた。

その頃から、猫が病気になると病院に連れて行くようになった。私はあまりに医者が猫に優しいので、感動した。人間の医者のように威張り散らさないのだ。私はせめて、人間の医者が犬猫病院の医者くらい患者およびその家族に優しければいいと思った。

道で自転車に乗った犬猫病院の先生は、私に「どう、クロちゃん元気?」などと声をかけてくれると、ワナワナふるえるほど嬉しかった。

そのうちに猫たちは、だんだんと食い物にぜいたくになって行った。どの猫も、残飯に味噌汁など見むきもしない。猫用の餌が出回り始めた。乾燥

餌で手間がはぶけるのでそれをやっていたが、私には多少の抵抗がある。猫は残飯を無駄にしないために居るのだという幼少の時のスリ込みが消えない。

そのうちに猫用のお便所砂なども出現し始めた。猫は勝手に外に出て、知らないところで、オシッコもウンコもするものではなくなっていったのだ。

私は、餌をやって、オシッコウンコの始末をして、病気になったら病院に連れて行き、去勢するべき時に去勢するという最低の面倒を見るだけだった。

息子を叱ると、涙を猫の背中でふいた。あー猫を飼ってよかったと心底思った。自然と猫は息子のふとんの中にもぐり込むか、無理にでも引っ張り込まれる。朝起こしに行くと、小さなこんもりした山になっている息子のふとんの上で、三匹の猫が山を守るようにして、両脇と尻のところに等分の距離でまるまって眠っているのを見ると、しばらくはうっとりとして見てしまった。

二匹も三匹も出たり入ったりする猫は、当たり前だが、姿形も色合いも全部違うが、それより著しいのが、性格の違いであった。

初めは、うすら馬鹿かと思っていた猫が実は我慢強い人格者であり、猫集団の統率者であり、隣の金網を張った池から毎日金魚を一匹ずつくわえて来て、ベランダに並べて、見せたりした。

やたら、自分の姿形にナルシスティックな黒猫も居た。花を生けると、その横でいちばん自分が美しく見えるポーズでいつまでも座り、しっぽの方向を微妙に動かしたりする奴も居た。

本当に馬鹿でのろまで、いつまでも便所でオシッコをしない猫も居た。

だいたい茶トラは馬鹿で鈍く、色気に欠ける。

猫の色気というものは、天から授かった不思議なもので、平凡な猫にさえ、人間の女は及ばない。

猫が移動すると、移動した後に色気がすーっと残りながら消えるものなのだが、中には、まるで、薪を組み立てて作ったのではないかと思われるようなガシャガシャした猫も居るのである。

色気も茶トラが一番劣ると思うのは私の偏見かも知れない。

そして、もはや、その頃には、実用としての猫など考えられない世の中になっていた。餌は次第に高級になり、乾燥餌からカンヅメになり、それも人間様でももったいないような、白身、牛肉、トリ肉、ビタミン入り、その他数知れない種類が出回り、おまけに、同じものをやり続けると飽きるという生意気さに、猫は平然と変わっ

て行った。

その頃、アメリカの猫専門の医者が書いた本を読んだ。ニューヨークの石の家の中に飼われている猫に一番多いのが神経症であり、猫の病気は、ほとんど人間と全く同じ豊富さで、その医者が一番本気で悩み、研究し治療に力を注ぐのが、白血病なのである。

人間が、猫を猫と思わないで自分の感情の全てを投入するのである。すると猫も自分を猫と思わなくなるらしい。

死期の近い白血病の猫を、この世の最後の思い出のために、毎年連れて行くフロリダの海岸に、飼い主の二十代後半の独身の女性は、休暇をとって連れてゆく。そして、猫は死ぬのだが、飼い主は、悲しみに打ちひしがれながらも、猫は最後にフロリダの海を見られて、幸せな最期だったにちがいないと、自らも慰めを得る。

私が、その本に見たのは、大都会の底なしの人間の孤独であった。

人間を愛することに絶望した人間が、もの云わぬ小さな猫に、自分の全ての愛を狂気のごとく注ぐ。人は何かを愛さずには生きてゆけないのだ。何と猫はそれに丁度よい生き物であろうか。

その大きさの程よさ、ひざにのせて撫でても重すぎない軽さ、密集したビロードのような毛並み、犬のように大声で吠えない静かさ、音もなく移動するしなやかさ、適当に勝手な時になつき、犬のように主人に滅私奉公も必要とされず、ただ愛されるだけに存在する。

小さな石のアパートに閉じ込められて過剰な一方的な愛を注がれて、生き物として幸せであろうか。

しっぽをふりふり姿を低くして、一瞬にして鳥をしとめる野生の本能、発情期に気味悪い声をあげてもだえ鳴くこと、勝手に屋根の上で器用に横たわり、日だまりに誰に邪魔されることなく一日中無為に過ごす自由、時には犬に追いかけられる恐怖、魚屋の魚をかっぱらう不良性、あるいは一匹のめすを争って、血みどろになる宿命などを失って、それでも猫は幸せなのだろうか。

いや幸か不幸かなどとは人間の尺度であり、猫の猫たるゆえんを人間がうばってもよいものなのだろうか。

きっとよいのだろう。人間は孤独に耐えられないものであり、何かを愛したいのだ。それも生きる物の方がぬいぐるみより張り合いがある。猫が何を考えているか知った人間は一人も居ないのだから。

YOKO
26

暗くなって
誰もいない家へ帰るのは
多少の苦痛が伴う。
近くまで来て、明かりが一つもついて
いない箱のような黒い塊を見ると、
急に孤独感がおそう。
玄関のあたりで、鍵をガチャガチャ
さがすのもわびしい。
ドアを開けても中は真っ暗なので、
電気のスイッチをさがして、
壁を手でさわり続ける。
そして明るくなる。

次に電気をつけて歩く。
それでも家は何だか機嫌が悪そうである。
死人を起こして歩いているような気分になる。

テレビを観(み)るあてもないのにつける。
カーテンを引く。
台所でやかんに水を入れるために、
水道の蛇口をひねって水道の音をたて、カチカチとガスに火をつける。
便所にかけこむ、元気に水洗便所の水が流れる。
家の中で人が動き、通常の生活が営まれると、家全体が
立ち上がるように生き始める。
家って生き物なのか。
どっこいしょとテーブルに座って

お茶を飲むころには、
家はすっかり機嫌を直している。
「よしよし、それでいいのだ」
というまでに、けっこう時間が
かかるのである。

誰もいない家に帰る。
玄関で鍵をガチャガチャ鳴らす。
電気をつける前に「ニャー」と声がする。
明るくなった玄関の床の真ん中に、
猫がまるで三(み)つ指をついているように
座って、私を見上げる。
「オーよしよし、今帰ったからね」

猫一匹が私の留守の間、家の中で
生き続けていてくれると、
家は死なないのである。
猫と一緒に、家もずっと生きて
いたのだということがわかる。

逆引き図像解説

YOKO 1
四十代の頃　16頁
取材でプロのカメラマンに撮影してもらったときのもの。好きだったおおぶりのネックレスをつけている。

YOKO 2
「おおぐま座」書籍未収録原画　20頁
ある企業のカレンダーで使用した星座のシリーズ。2カ月に1枚で、ほかに「アンドロメダ」などがある。

YOKO 3
『一〇〇万回生きたねこ』（講談社）　25頁
累計220万部の大ベストセラー。ある晩、冒頭のフレーズが浮かび、15分くらいで一気に描き上げた。

YOKO 4
二歳くらいの頃　31頁
幼少時代を過ごした北京の胡同にあった家の中庭で。いつもいっしょに遊んだ兄も絵を描くのが好きだった。

YOKO 5
北軽井沢の別宅の仕事机　36頁
絵は仕事部屋の机で描くが、エッセイなどは絶対に家では書かなく、喫茶店が原稿執筆の仕事場となった。

YOKO 6
『女の一生Ⅱ』（トムズボックス）**原画**　41頁
一九九四年に刊行された798部限定の詩画集。エッチングを始めてから間もない九三年頃に描いた。

YOKO 7
『あっちの豚　こっちの豚』（小学館）**原画**　44頁
没後に発見された原画30点を収録した一冊より。

YOKO 8
愛猫のミーニャ　50頁
『一〇〇万回生きたねこ』のモデルとなった飼い猫。

YOKO 9
『食べちゃいたい』（筑摩書房）**原画**　58頁
単行本の表紙の絵。元夫・谷川俊太郎と交流のあった詩人の茨木のり子の自宅に、同じ絵が飾られている。

YOKO 10
『食べちゃいたい』（筑摩書房）**原画**　59頁
「チンゲン菜」という題の短篇に添えられた挿絵。

YOKO 11
バー・ラジオのボールペン　63頁
南青山にあるバー「ラジオ」の逸品。グリップのヒビ割れをテープで修繕して大事に愛用した。

YOKO 12
聖蹟桜ヶ丘の自宅と庭　64頁
家を建てたばかりの頃は嬉しくてよく庭の手入れをしていた。愛犬モモコと寝そべりながら庭の草むしり。

YOKO 13
『あっちの女　こっちの猫』（講談社）**原画**　69頁
画文集の1ページ目を飾ったチューリップの銅版画。

YOKO 14
二十代前半の頃 73頁
グラフィックデザイナーの広瀬郁と結婚して間もない頃。夫の広瀬が当時の住まいで撮影したものと思われる。

YOKO 15
メモ書き 82頁
すぐ手の届くところに、いつでもメモできるペンとノートを置いていた。メモと落書きは日常茶飯事。

YOKO 16
『おれは　ねこだぜ』（講談社）**原画** 86頁
さばが大好きなねこの話。歩いていると突然さばの大群が襲ってきて、映画館に逃げるとそこにもさばが！

YOKO 17
二歳くらいの頃、母と兄と 88頁
北京の天壇公園の祈年殿で、母・シヅと兄・尚史と。

YOKO 18
『神も仏もありませぬ』（筑摩書房）**原画** 93頁
タイトルにある〝神〟と〝仏〟をエッチングで表現。

YOKO 19
『クク氏の結婚、キキ夫人の幸福』（朝日新聞出版）**原画** 98頁
愛と痛みと毒に満ちた男女の三角関係の物語。

YOKO 20
三十代の頃 105頁
雑誌の洋服ソーイング企画にモデルとして登場。

YOKO 21
四十代の頃、仕事場で 109頁
聖蹟桜ヶ丘の自宅の仕事部屋。『ねこのおんせん』を描いているときで、絵を壁に貼って乾かしている。

YOKO 22
息子の育児ノート 113頁
捨てずに持っていた2冊の育児ノート。ひとり息子の成長を日記とスケッチで記録していた。

YOKO 23
息子と 114頁
出産を「あんなにうれしいこと、私の生涯で子産みのただ一度のことだった」とエッセイに綴っている。

YOKO 24
『女の一生Ⅱ』（トムズボックス）**書籍未収録原画** 121頁
九三年には、この本のエッチング展を開催した。

YOKO 25
『ともだちはモモー』（リブロポート）**原画** 126頁
動物園のゾウが可哀想と泣きだす娘となだめる父。

YOKO 26
『わたし　ねこ』（作・岩瀬成子　理論社）**原画** 146頁
七九年に出版された絵本。挿絵を担当。

YOKO 27
『あっちの女　こっちの猫』（講談社）**書籍未収録原画** 153頁
実際に表紙で使われた絵は、猫の黒目が塗られている。

この人

佐野洋子（さのようこ）

絵本作家、エッセイスト（一九三八〜二〇一〇）

中国・北京に生まれ、六歳まで過ごす。その後大連に転居し、一九四七年、日本に引き揚げる。六二年、武蔵野美術大学デザイン科を卒業し、白木屋デパート宣伝部に勤務。六七年、ベルリン造形大学でリトグラフを学ぶ。六八年、長男誕生。七三年、初めての自作の絵本『すーちゃんとねこ』（こぐま社）を出版。七七年に出版した『一〇〇万回生きたねこ』（講談社）が大ベストセラーとなる。胸がチクチクする『シズコさん』（新潮社）をはじめ、ユニークで歯切れのいいエッセイも多く発表した。

あの人

谷川俊太郎・森茉莉・くどうなおこ

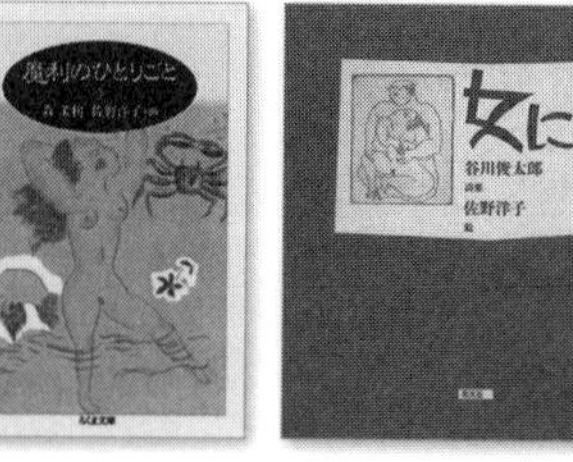

詩人の元夫

憧れていた人

昔からのともだち

『女に』
谷川俊太郎著　佐野洋子絵（集英社）
九〇年に結婚した詩人の谷川俊太郎とは詩集や絵本など6冊の共作がある。36編の愛のうたが収録されたこの詩集は英訳とともに復刊。

『魔利のひとりごと』
森茉莉著　佐野洋子画（ちくま文庫）
エッセイで森茉莉を「変なバアさん」と評しているが、文章家として憧れていた。本書は「妖婆」など日常を綴った12編のエッセイを収録。

『おんなのこ』
くどうなおこ著　佐野洋子・広瀬弦イラスト（幻戯書房）
お互いの年齢も近く、息子同士も一歳違いの2人は何かと話が合う、ずっと昔からのともだちだった。したたかに生きるおんなの子に贈る詩集。

●本書に収録した「佐野洋子の言葉」は以下の本・雑誌から一部抜粋しました。
『私の猫たち許してほしい』（一九九〇年　ちくま文庫）、『役にたたない日々』（二〇一〇年　朝日文庫）、『がんばりません』（一九九六年　新潮文庫）、『アカシア・からたち・麦畑』（一九九二年　ちくま文庫）、『問題があります』（二〇一二年　ちくま文庫）、「潮」（一九九二年　潮出版社）、「LEE」（一九九一年　集英社）、『友だちは無駄である』（二〇〇七年　ちくま文庫）、『佐野洋子対談集　人生のきほん』（二〇一一年　講談社）、『ふつうがえらい』（一九九五年　新潮文庫）

●「佐野洋子の言葉」の文中にある「＊」は、中略の意味です。

●本書に収録した作品は以下を底本としました。
『ふつうがえらい』（一九九五年　新潮文庫）
『覚えていない』（二〇〇九年　新潮文庫）
『神も仏もありませぬ』（二〇〇三年　ちくま文庫）
『猫ばっか』（二〇〇一年　講談社文庫）

●表記はそれぞれの底本に準じ、一部にルビを加えました。

●「くらしの形見」収録品・本文図版　所蔵＝オフィス・ジロチョー

MUJI BOOKS 人と物 4

佐野洋子

2017年12月1日 初版第1刷発行

著者 佐野洋子

発行 株式会社良品計画

〒170-8424
東京都豊島区東池袋 4-26-3
電話 0120-14-6404（お客様室）

企画・構成 株式会社良品計画、株式会社EDITHON

編集・デザイン 櫛田理、広本旅人、土田由佳、佐伯亮介

協力 オフィス・ジロチョー

印刷製本 シナノ印刷株式会社

ISBN978-4-909098-03-0 C0195

MUJI BOOKS

ずっといい言葉と。

少しの言葉で、モノ本来のすがたを
伝えてきた無印良品は、生まれたときから
「素」となる言葉を大事にしてきました。

人類最古のメディアである書物は、
くらしの発見やヒントを記録した
「素の言葉」の宝庫です。

古今東西から長く読み継がれてきた本をあつめて、
MUJI BOOKSでは「ずっといい言葉」とともに
本のあるくらしを提案します。